curiosidad por

EL CANOTAJE

POR RACHEL GRACK

AMICUS LEARNING

¿Qué te causa

1 CAPÍTULO UNO
Fundamentos del canotaje
PÁGINA
4

2 CAPÍTULO DOS
Prepárate
PÁGINA
10

curiosidad?

3

CAPÍTULO TRES

¡Empieza a remar!

PÁGINA 18

¡Mantén tu curiosidad! 22

Glosario 24

Índice 24

Curiosidad por es una publicación de Amicus
P.O. Box 227, Mankato, MN 56002
www.amicuspublishing.us

Editora: Alissa Thielges
Diseñadora de la serie: Kathleen Petelinsek
Diseñadora de libro: Aubrey Harper

Información del catálogo de publicaciones
Names: Koestler-Grack, Rachel A., 1973- author.
Title: Curiosidad por el canotaje / Rachel Grack.
Other titles: Curious about canoeing. Spanish
Description: Mankato, Minnesota: Amicus Learning, 2024. | Series: Curiosidad por las actividades al aire libre | Includes index. | Audience: Ages 5–9 | Audience: Grades 2–3 | Summary: "Spanish questions and answers give kids the fundamentals of canoeing, including gear and where to canoe. Includes infographics to support visual learning and back matter to support research skills, plus a glossary and index. Translated into North American Spanish"—Provided by publisher.
Identifiers: LCCN 2023016164 (print) | LCCN 2023016165 (ebook) | ISBN 9781645497929 (library binding) | ISBN 9781645498469 (paperback) | ISBN 9781645498001 (pdf)
Subjects: LCSH: Canoes and canoeing—Juvenile literature.
Classification: LCC GV784.3 .K6418 2024 (print) | LCC GV784.3 (ebook) | DDC 797.122—dc23/eng/20230410
LC record available at https://lccn.loc.gov/2023016164
LC ebook record available at https://lccn.loc.gov/2023016165

Photo credits: Alamy/Design Pics Inc, 13, Hero Images Inc., 18; Corbis/Cecepr, 11; iStock/ADragan, 17, claylib, 17, DonNichols, 17, FatCamera, 6–7, gulfix, 17, Hero Images, 12, ImagineGolf, 14–15, 16, prapann, 17, sianc, 21, Tom Merton, 19; Shutterstock/marekuliasz, 11, marekuliasz, 8, New Africa, 8, sianc, cover, 1; SuperStock/dotshock, 5; Unsplash/Atia Naim, 8

Impreso en China

CAPÍTULO UNO

¿Por qué la gente practica el canotaje?

Muchas personas van a remar por diversión. Salen al agua y disfrutan la naturaleza. Además, es un buen ejercicio. Algunos usan sus canoas para ir a pescar. Otros practican el canotaje como deporte. Participan en carreras de **sprint** y **eslalon**. El canotaje es un evento olímpico también.

Muchos parques tienen canoas que te pueden prestar o rentar.

¿SABÍAS?
El bote más antiguo del mundoes una canoa. ¡Es de hace10.000 años!

¿Es difícil el canotaje?

El canotaje es más fácil y más divertido de aprender con otras personas.

Solamente si vas solo. El canotaje en **tándem** es lo mejor para los principiantes. Dos remadores mantienen la canoa recta y estable. Puedes tomar clases de canotaje. Pero la mayoría aprende por su cuenta. Solo se necesita un poco de práctica. ¡Lleva a un amigo e inténtalo!

¿SABÍAS?

Las canoas se ladean más fácilmente que otros botes. Es buena idea que aprendas a nadar antes de practicar canotaje.

¿Es lo mismo una canoa que un kayak?

Las canoas son buenas para viajes largos en la naturaleza.

No. Las canoas son más grandes que los kayaks. Las canoas son abiertas y tienen bancas. Hay más espacio para llevar equipo para un viaje. Los kayaks son cerrados. Además, los remos son diferentes. Para el kayak, se usa un remo doble. Este tiene una pala en ambos extremos. La mayoría de las personas usa remos sencillos para el canotaje.

Canoa: abierta, lados altos, asientos como bancas, remos sencillos

Kayak: cerrado, te sientas muy cerca del agua, el asiento está pegado al fondo, remo doble

CANOA O KAYAK

CAPÍTULO DOS 2

¿Como puedo obtener una canoa?

Muchas personas las rentan. Las tiendas donde se rentan canoas saben cuáles son los mejores botes para los principiantes. Las canoas anchas, de fondo plano, tienen menor probabilidad de ladearse. Las canoas más cortas son más fáciles de remar y dirigir. Las canoas de **aluminio** son populares. Son muy resistentes.

Las canoas de plástico son más ligeras que las de metal.

PARTES DE LA CANOA

Proa: el frente de la canoa

Borda: orilla superior del casco

Popa: la parte trasera de la canoa

Casco: el cuerpo de la canoa

Quilla: cresta que va de la popa a la proa por la parte inferior externa

El canotaje en un lago puede ser una actividad divertida del verano.

¿Dónde puedo practicar canotaje?

¡Donde sea que el agua esté lo suficientemente profunda! Practica canotaje en lagos, ríos y arroyos. Los principiantes deben quedarse en aguas tranquilas o lentas. También, pon atención al clima. En días con viento, el agua se agita. Pero a algunas personas les gusta navegar con turbulencia. Practican canotaje en **rápidos de aguas bravas**.

El canotaje en aguas bravas es riesgoso y emocionante.

¿Qué remo debo usar?

El remador más fuerte se sienta en la parte de atrás y dirige el bote.

Primero, busca la longitud adecuada. Hay diferentes formas de medirla. Una es parar el remo frente a ti. El que llegue a la altura de tus ojos tiene buen tamaño. Los remadores que van al frente a veces usan remos doblados. En la **popa**, funcionan mejor los remos rectos.

¿Qué ropa uso?

Los remos a veces salpican, así que prepárate para mojarte.

¡Siempre lleva puesto un chaleco salvavidas! Por lo demás, vístete de acuerdo al clima y el agua. En un día cálido, ponte camiseta y pantalones cortos, o un traje de baño. Para clima más frío o agua fría, ponte ropa más abrigada. Elige ropa que se seque rápido. Los zapatos para agua o las botas de goma con buen agarre mantienen los pies secos y estables. Los remadores de aguas bravas suelen usar **trajes secos** y cascos.

BLOQUEADOR SOLAR

REPELENTE

SOMBRERO

BOTELLA DE AGUA

HIELERA

La gente pesca sobre una canoa en mitad de los lagos.

¿Cómo me subo a la canoa?

Cerca de la orilla o en un muelle. Siempre usa tres puntos de **contacto**. Pisa en el centro de la canoa. De ser posible, sujétate de ambos lados del bote. De lo contrario, la canoa podría ladearse. La primera vez se siente difícil. Te puedes caer de la canoa o tirar tu equipo. Pero no te rindas. ¡Sécate e inténtalo de nuevo!

Pídele a una persona que mantenga estable la canoa mientras te subes.

¿Qué pasa si mi canoa se ladea?

¡Sujétate a la canoa! Te ayudará a mantenerte a flote. Trépate encima y espera a que llegue la ayuda. Nunca dejes que tu canoa flote hasta la orilla.

A veces, las canoas se ladean pero no se **vuelcan**. ¡Fiú! Pero, ahora, hay agua adentro. Usa una **bomba de sentina** o esponjas para vaciarla. ¡Sigue remando!

Quédate sentado en la canoa para evitar que se ladee.

CÓMO DETENER UNA CANOA QUE SE LADEA

No te agarres de la borda.

Siéntate.

Mete el remo al agua.

¡MANTÉN TU CURIOSIDAD!

HAZ MÁS PREGUNTAS

¿Dónde puedo rentar una canoa?

¿Cuál es la mejor brazada de remo?

Prueba con una PREGUNTA GRANDE:

¿Me gustaría más remar canoa o kayak?

BUSCA LAS RESPUESTAS

Busca en el catálogo de la biblioteca o en Internet.

Pueden ayudarte tus padres, un bibliotecario o un maestro.

Usar palabras clave

Busca la lupa.

Las palabras clave son las palabras más importantes de tu pregunta.

Si quieres saber sobre:

- cómo encontrar lugares para rentar canoas cerca de ti, escribe: RENTAR CANOAS EN [TU CIUDAD]
- sobre brazadas de remo, escribe: BRAZADAS DE REMO DE CANOA

GLOSARIO

aluminio Un metal plateado que es fuerte y ligero.

bomba de sentina Bomba de mano usada para sacar el agua de un bote.

contacto Estar tocando algo.

eslalon Carrera de canoas en aguas agitadas donde los concursantes tienen que pasar remando a través de puertas, sobre una pista.

popa La parte trasera de un bote.

rápidos de aguas bravas Corriente de agua rápida y agitada en un río.

sprint Carrera de canoas sobre aguas tranquilas.

tándem Un grupo de dos personas que trabajan juntas.

traje seco Una prenda de vestir ajustada que cubre el cuerpo y mantiene fuera el agua.

volcarse Voltearse y quedar boca abajo.

ÍNDICE

canotaje en aguas bravas 12, 16
canotaje en tándem 6
deportes de canotaje 4
dificultad 6–7, 12
equipo 17, 18
kayaks 8–9
la canoa más antigua 5
ladearse 10, 18, 20, 21
partes de la canoa 11
remos 9, 14–15
ropa 16
seguridad 16, 18, 20, 21
tipos de canoas 10

Acerca de la autora

Rachel Grack es editora y escritora de libros para niños desde 1999. Vive en Arizona, un estado donde los espectaculares paisajes ofrecen incontables aventuras todo el año. Montar a caballo es una de sus actividades favoritas al aire libre. Pero el geoescondite podría ser su próxima gran aventura.